AS CRIAÇÕES DE DEUS

**DEUS CRIOU A TERRA.
GÊNESIS 1:1**

**DEUS CRIOU O CÉU E O MAR.
GÊNESIS 1:6-8**

DEUS CRIOU A TERRA E AS PLANTAS.
GÊNESIS 1:9-13

**DEUS CRIOU O SOL.
GÊNESIS 1:14-16**

**DEUS CRIOU A LUA E AS ESTRELAS.
GÊNESIS 1:14-16**

DEUS CRIOU OS PEIXES.
GÊNESIS 1:20-23

DEUS CRIOU AS AVES.
GÊNESIS 1:20-23

DEUS CRIOU TODOS OS ANIMAIS.
GÊNESIS 1:24-25

**DEUS CRIOU ADÃO.
GÊNESIS 1:26-27**

**DEUS CRIOU EVA.
GÊNESIS 2:21-22**

**DEUS CRIOU TODOS NÓS.
GÊNESIS 1:28**

DEUS DESCANSOU.
GÊNESIS 2:1-3

O DILÚVIO E A ARCA DE NOÉ

**DEUS ANUNCIOU O DILÚVIO A NOÉ.
GÊNESIS 6:13-22**

NOÉ E SUA FAMÍLIA CONSTRUÍRAM A ARCA.
GÊNESIS 7:5

NOÉ REUNIU OS ANIMAIS.
GÊNESIS 7:8-9

**CHOVEU DIA E NOITE E AS ÁGUAS INUNDARAM A TERRA.
GÊNESIS 7:12**

AS ÁGUAS DO DILÚVIO PERMANECERAM POR CENTO E CINQUENTA DIAS SOBRE A TERRA.
GÊNESIS 8:3

NOÉ SOLTOU UMA POMBA PARA ENCONTRAR TERRA SECA.
GÊNESIS 8:11

**DEUS DISSE A NOÉ: — NÃO HÁ MAIS DILÚVIO!
GÊNESIS 8:13**

TODOS FICARAM FELIZES EM SAIR DA ARCA.
GÊNESIS 8:18-19

**NOÉ CONSTRUIU UM ALTAR PARA OFERECER SACRIFÍCIOS A DEUS.
GÊNESIS 8:20**

DEUS DISSE A NOÉ E SEUS FILHOS: — POVOEM A TERRA E TENHAM MUITOS FILHOS. GÊNESIS 9:7

DEUS DISSE A NOÉ QUE NUNCA MAIS HAVERIA DILÚVIO PARA DESTRUIR A TERRA, E QUE O ARCO-ÍRIS SERIA O SINAL DO PACTO.
GÊNESIS 9:11-17

COMO DEUS É PODEROSO!
GÊNESIS 8:21-22

AMAR A DEUS SOBRE TODAS AS COISAS.
ÊXODO 20:2

NÃO TER OUTROS DEUSES E NEM FAZER IMAGENS DE ESCULTURA PARA ADORAR.
ÊXODO 20:3-6

**NÃO TOMAR O NOME DE DEUS EM VÃO.
ÊXODO 20:7**

GUARDAR O DIA QUE DEUS SEPAROU PARA DESCANSO E ADORAÇÃO. ÊXODO 20:8-11

HONRAR PAI E MÃE. ÊXODO 20:12

NÃO MATAR. ÊXODO 20:13

NÃO ADULTERAR. ÊXODO 20:14

NÃO FURTAR. ÊXODO 20:15

NÃO LEVANTAR FALSO TESTEMUNHO.
ÊXODO 20:16

NÃO COBIÇAR AS COISAS ALHEIAS.
ÊXODO 20:17

JESUS CRISTO FALOU DA IMPORTÂNCIA DE GUARDAR OS MANDAMENTOS. MATEUS 19:17

DEUS ME GUARDARÁ DE TODO MAL.
SALMO 121:7

O ANJO DO SENHOR ESTÁ AO MEU REDOR E ME LIVRA.
SALMO 34:7

TODO SER QUE RESPIRA CANTE PARA DEUS.
SALMO 150:6

**FIQUEI ALEGRE QUANDO ME DISSERAM:
- VAMOS À IGREJA!
SALMO 122:1**

COMO É BOM VIVER EM UNIÃO COM TODOS.
SALMO 133:1

OS QUE CONFIAM EM DEUS SÃO COMO A MONTANHA QUE NÃO SE ABALA.
SALMO 125:1

LUZ PARA O MEU CAMINHO É A PALAVRA DE DEUS.
SALMO 119:105

**DEUS ME CONHECE MUITO BEM.
SALMO 139:1**

AMO A DEUS PORQUE ELE OUVE MINHAS ORAÇÕES.
SALMO 116:1

EM PAZ ME DEITO E LOGO DURMO,
PORQUE DEUS ME DÁ SEGURANÇA.
SALMO 4:8

HISTÓRIAS BÍBLICAS

A CRIAÇÃO DOS CÉUS E DA TERRA.
GÊNESIS 1:1

O DILÚVIO. GÊNESIS 7:17

MOISÉS É COLOCADO NO CESTO E DEIXADO NAS ÁGUAS DO RIO NILO. ÊXODO 2:3

**QUEDA DA MURALHA DE JERICÓ.
JOSUÉ 6:20**

DAVI LUTA COM O GIGANTE GOLIAS.
I SAMUEL 17:49

O NASCIMENTO DE JESUS.
LUCAS 2:7

JOÃO BATIZA JESUS NAS ÁGUAS DO RIO JORDÃO. LUCAS 3:21

JESUS CURA UM PARALÍTICO.
JOÃO 5:1-9

JESUS E A MULTIPLICAÇÃO DE PÃES E PEIXES. MATEUS 14:13-21

JESUS CURA O CEGO DE JERICÓ.
MARCOS 10:52

**JESUS É CRUCIFICADO.
LUCAS 23:33**

PERSONAGENS BÍBLICOS

ADÃO E EVA.
GÊNESIS 1:27

NOÉ E A ARCA.
GÊNESIS 7:1

**JOSÉ E A TÚNICA COLORIDA.
GÊNESIS 37:3**

**MOISÉS E O MAR VERMELHO.
ÊXODO 14:21**

**JOSUÉ E AS MURALHAS.
JOSUÉ 6:20**

SANSÃO.
JUÍZES 16:28-30

DAVI E GOLIAS.
I SAMUEL 17:49

A RAINHA ESTER.
ESTER 2:17

JONAS E O GRANDE PEIXE.
JONAS 1:17

DANIEL NA COVA DOS LEÕES.
DANIEL 6:1-23

JOÃO BATISTA.
MARCOS 1:1-8

JESUS.
MATEUS 4:23

PARÁBOLA DA SEMENTE DE MOSTARDA.
MATEUS 13:31-32

PARÁBOLA DO SEMEADOR.
MATEUS 13:1-23

**PARÁBOLA DA OVELHA.
LUCAS 15:1-7**

PARÁBOLA DO FILHO PRÓDIGO.
LUCAS 15:11-32

PARÁBOLA DAS DEZ VIRGENS PRUDENTES.
MATEUS 25:1-13

PARÁBOLA DO BOM SAMARITANO.
LUCAS 10:25-37

**PARÁBOLA DOS TALENTOS.
MATEUS 25:14-30**

PARÁBOLA DO CREDOR INCOMPASSIVO.
MATEUS 18:23-35

**PARÁBOLA DO JUIZ E DA VIÚVA.
LUCAS 18:1-8**

**PARÁBOLA DA CANDEIA.
LUCAS 8:16-18**

PARÁBOLA DA GRANDE CEIA.
LUCAS 14:15-24

MILAGRES DE JESUS

JESUS CURA O CRIADO DO CENTURIÃO.
MATEUS 8:5-13

JESUS ACALMA A TEMPESTADE.
MATEUS 8:23-27

JESUS CURA A FILHA DA MULHER CANANEIA.
MATEUS 15:21-28

JESUS FAZ A PRIMEIRA MULTIPLICAÇÃO DE PÃES E PEIXES.
MATEUS 14:13-21

JESUS ANDA POR CIMA DO MAR.
MATEUS 14:22-36

JESUS CURA UM SURDO. MARCOS 7:31-37

JESUS FAZ A SEGUNDA MULTIPLICAÇÃO DOS PÃES E PEIXES. MATEUS 15:29-39

JESUS CURA A SOGRA DE PEDRO.
LUCAS 4:37-39

JESUS TRANSFORMA A ÁGUA EM VINHO.
JOÃO 2:1-10

A CURA DE UM CEGO DE NASCENÇA.
JOÃO 9:1-7

**JESUS CURA UM PARALÍTICO.
JOÃO 5:1-9**

JESUS RESSUSCITA LÁZARO.
JOÃO 11:1-45

A VIDA DE JESUS

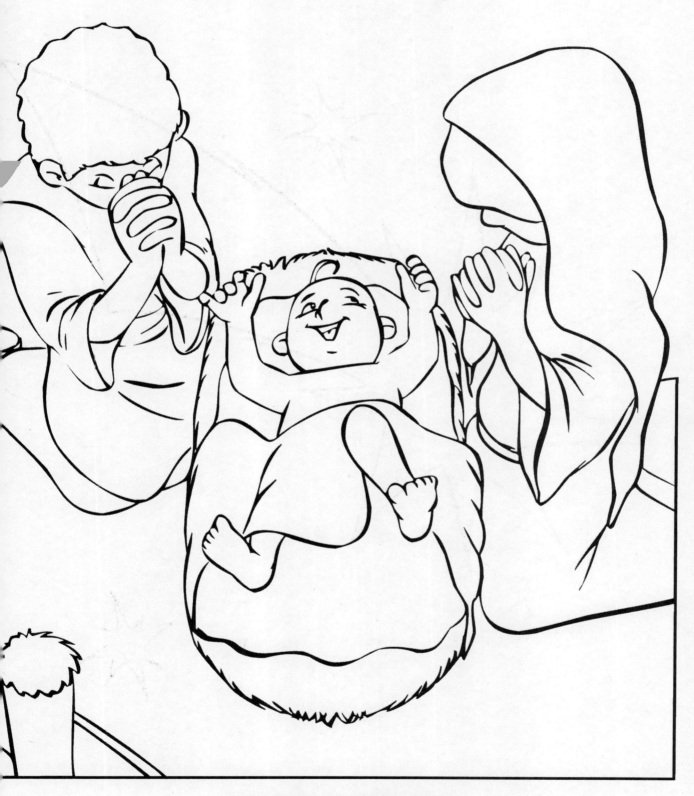

**JESUS NASCEU.
LUCAS 2:7**

**A ESTRELA BRILHOU.
MATEUS 2:2**

OS PASTORES VISITAM JESUS.
LUCAS 2:8-16

OS REIS VISITAM JESUS.
MATEUS 2:1-12

JESUS CRESCEU.
LUCAS 2:40

JESUS E OS DISCÍPULOS.
MATEUS 4:19-20

JESUS E AS CRIANÇAS.
MATEUS 19:13-15

**JESUS MULTIPLICA PÃES E PEIXES.
MATEUS 14:13-21**

**JESUS CURA.
LUCAS 5:17-26**

JESUS ANDA SOBRE AS ÁGUAS.
MATEUS 14:22-33

JESUS AMA TODOS NÓS.
1º JOÃO 4:19

JESUS E OS APÓSTOLOS

**JESUS CHAMA OS APÓSTOLOS.
MARCOS 1:17**

SIMÃO PEDRO, O PESCADOR.
LUCAS 5:10

MATEUS, O COLETOR DE IMPOSTOS.
MATEUS 9:9-13

JOÃO, ESCREVEU O EVANGELHO E O APOCALIPSE. APOCALIPSE 1:19

LUCAS, O MÉDICO E EVANGELISTA, ESCREVEU ATOS DOS APÓSTOLOS.

TOMÉ, QUE PRECISOU VER E TOCAR AS MARCAS DE CRISTO PARA CRER. JOÃO 20:27

JUDAS ISCARIOTES, O DISCÍPULO QUE TRAIU JESUS. LUCAS 22:47-48

FELIPE QUE PREGOU O EVANGELHO ATÉ EM CESAREIA. ATOS 8:40

MATIAS FOI ESCOLHIDO NO LUGAR DE JUDAS.
ATOS 1:26

ESTEVÃO, O PRIMEIRO MÁRTIR. ATOS 7:59

JESUS APARECE PARA PAULO. ATOS 9:3-6

PAULO, O APÓSTOLO DOS GENTIOS. ATOS 13:4